돌의 지문이 아프다

시와반시 시선

돌의 지문이 아프다

詩공간

시와반시

마음과 달리
비켜 가던 말로
쉽게 곁을 내주지 않던 언어로

시는
늘
대책 없이 설렜습니다.

묵묵한 여덟 명의 걸음이
일곱 번째의 詩공간으로 열립니다.

우리는 詩에게
눈 멀어도 좋겠습니다.

2025년 가을
詩공간

| 차례 |

박용연

박소연

박용연

pyyoo57@hanmail.net

아이 컨텍 외 8편

아이 컨텍

마트에서 인도풍의 사내와 눈 마주쳤다

오고 가는 눈길 속 순한 것들이란
동질이어서
어떤 정겨움마저 생겨나고 있었다

비켜 가는 눈길의 순간까지

나 또한, 타국에서 온 그에게
외로워하지 말라는 암시
눈빛으로 남겨 주었던 것

짧은 만남 뒤의 여운은
아쉬운 거여서
문밖, 두리번거리던 나에게
그 또한 나를 기다렸다는 듯

처마 밑에서 손 흔들어주고 있었다

잿빛 도시의 저녁은 순간 초원으로 번졌다

우중산행

　추적추적 비 맞으며 등산길 내려오다 문득, 필명을 '월하'라고 쓰면 어떨까. 그때, 파란 낙엽 툭 이마를 치며 이왕이면 '공동묘지'까지 쓰시지요 한다. 무섭다가 궁금해지는 월하의 그곳, 공동 화장실 공동 샤워실 있을까. 은밀한 달밤이면 샤워실 나서는 백옥 같은 처녀 귀신 몸매는 아마도 어느 누드모델 못잖을 것이다. 그 처녀 나, 슬쩍 훔쳐보다 들킨다면 샐쭉거리며 돌아서겠지. 그런 처녀 귀신의 뒤태를 퉁퉁 불은 찔레 넝쿨 속에서 그려 본다. 역시 나다운 상상을 하며 내려오는 오줌 급한 내리막길, 죽은 찔레 가시가 획 내 허벅지를 할퀸다.

문중 회의

무덤 속 아버지 어머니
흔들리는 산천초목에 놀라
벌떡 잠 깨고 말았다

덩달아 잠 뒤척이던 할배 할매들까지
쑥 대궁 같은 허리 일으키며
야야! 무슨 일이냐고 고개 내미신다

진도 5.8 지진 있던 날*
한꺼번에 잠 깬 조상님 얼굴들
문중회의 분주하다

저 애가 돌바우**아들이가 묻기도 하겠다

푸석돌 하나, 움찔거린다

* 2016년 9월 12일 경주시 남서쪽에서 일어난 지진
** 아버지의 아명

고수

외발로 선
왜가리 한 마리
우두커니
먼 곳을 본다

한발로 칭칭 감아
물길 지그시 누르는 걸 보니
치솟는 외로움
온몸으로 맞서는 동작이다

먼 하늘 쳐다보며
실실 웃는
흐릿한 눈빛
너도 그렇다

종 그림자

거짓말하다 들킨 나를
어머니는 방에 가두셨다

싹수 누런 내 머리
거세게 후려치며
울려라 종, 울려라 종 고함지르던
유년의 기억 있다

그녀 없는 틈 타
몰래 가보고 싶던
유혹의 홍등가

그녀에게 들키기라도 한다면
그녀 또한 방문 걸어 잠그고
종 울리다, 울리다가
와락 눈물 쏟아 낼 것 같다

조심조심 건너는 오월의 마당

물의 기도

목욕탕에 가면
땟물의 기도 소리 들린다

하나같은 삶이었다 해도
죄를 걸러내야 하는
마지막 통과의례는
검은 배수구

누군가의 임종에 둘러앉은 기도 소리다

막힌 내 영혼을 치고
웅웅앙웅웅벙웅웅징
흘러드는 저, 검은 입구

물의 기도 소리

어느 날 더 맑아져 오겠다는

그레고리오* 목청이다

* 그레고리오: 가톨릭교회의 단선율 성가

버릇

　서른다섯 애꿎은 누님을 무덤에 뉘여 둔 날이었습
니다 그날따라 왜 그렇게 비바람 몰아쳤던지요 청천*
아스팔트 위 황토물이 젖은 수의처럼 누렇게 넘쳐흐
르고 강풍에 휜 길 플라타너스 꺼이꺼이 소리내어 울
더군요 산장을 좋아해 산골로 시집간 누님은 이루지
못한 소박한 꿈 대신 그렇게 작은 무덤 하나로 남겨
졌지요 그날 이후 황망하게 남겨진 어린 새끼들은 개
구리 소리 따라 떠난 엄마를 그리워했지요 내 귀에 개
구리 소리 같은 이명이라도 들리는 날이면 새끼 찾는
누님의 소리로 들려 저들끼리 오골오골 모여 살고 있
다는 소식, 자책 되어 비라도 올라치면 벅벅 뒷머리
긁는 버릇 생겨났지요

　가려운 달의 뒷면 같은

* 대구 동구에 있는 지명

20

피뢰침

천둥소리도 층간 소음이다

아래층을 배려해 달라고
긍휼히 여겨 달라고
수차례 읍소해도 공허하다

나와 다른 뇌의 구조를 가진 구름층 사람들

층간 거리는 아득한 것이어서
시커먼 구름 불러 모아
위층 바닥 쿵쿵 울리고 싶어도
그건 어디까지
내게 내상 입히는 일

서로 다른 뇌의 구조에서 발생한
층간 소음 지운다는 건
견고했던 내 마음에 피뢰침 세운다는 것

멱살

일흔도 되기 전
밭일하시던 장모님 우측 마비 왔다

굴레에 메이셨다

중심 무너진 장모님께
아내는 일어나 걸으라고
한 발자국이라도 더 걷는 연습 하라고
시도 때도 없이 닦달이다

통화하는
아내의 목소리에는
온갖 시련을 겪고 살아온
부지깽이 같은 장모님의 생이
억울하고 속상했던 거였다

꽃다운 어머니 데려와

한껏 부려 먹고 내팽개친

세월의 멱살을 잡고

아내는 부들부들 분을 삭이고 있던 거였다

박소연

spdhqlf88@hanmail.net

뷔페 위의 축제 외 8편

뷔페 위의 축제*

우리 뭐 먹을까? 뭐 먹지?
망설이다 생각나는
뭐 어때!

딱 이거다 정할 필요 없잖아
시식코너 돌다 보면
더 짭조름하고
달콤한 코스요리가 될 수 있는 걸

뭐 어때,
여기서 조금, 저기서 조금 가져오는 거야
아침이 깨지지 않게 조심해
식탁 장식으로 칼랑코에 꽃, 어때?
저 봐, 또 벙크 속에 숨으려 하지
거기 숨는다고
너 아닌 다른게 될 수 있을 것 같니

이리 나와서 이파리 움켜쥐어 봐
스파클링이 톡톡 터지잖아
세포 표면에 붙은 기포 털어내지 말고
이제부터 축제를 즐겨야지

No, No!
잔소리 아니야
너를 끌어안기 위해 애쓰는
내가 안 보여?
무조건 벽 속으로 들어가지 마
휘리릭~
너의 갓생을 즐겨

* 아래 이어지는 8편의 시에서 나오는 문장을 퀼트로 엮었다.

언박싱

아침이 현관에 도착했다.
포장된 하루,
시침과 초침이 서로
엇갈린 리듬으로 묶여 있다

박스를 들고 흔들어 본다

조심해, 취급 주의 표시야—
아침이 깨질 수 있어
호기심이 점점 부풀어 오른다
째깍째깍 흘러나오는
오늘의 기분,

비닐을 찢고
텁텁한 밤을 희석해 주는 레몬수를 따른다
투명하고 새콤한,
어떤 컵에도 금방 적응하는

씨앗 같은 마음이 톡 열린다

늦잠을 자도
아침은 도착한다
두근두근, 문을 두드리며

다음, 그다음

Cafe 벙커가
이젠
담담이란 이름을 가졌어요

시간이 멈춘 이곳은
칼랑코에가 피던 계절만 가리켜요
시곗바늘 돌리려
지난겨울, 나는 이사를 했죠

너로 꽉 찬 이곳을 떠나
땅끝마을에서 강원도 고성까지
내가 가질 수 있는 이름은
수 없이 많았어요
그렇다고
나 아닌 내가 될 수 있을까요?
언제, 너를 다시 볼 수 있을지

벙커 속에 숨겨진
너라는 문장,
나는 오늘 또 중얼거려요

Cafe 담담은 아니라고 하죠
대신
마음을 담다
쉼을 담다

지나간 시간 속에
담아둔 계절
멈췄던 시간이 데려온
4월의 마지막 날

칼랑코에가 피워냈던
빨간 꽃잎

"당신을 지켜줄게요"

'당신!' 하고 부를 때마다
공중에
동그란 파장이 아렴풋 생겨나요

기포의 표면

이파리를 움켜쥔다
금전수 키우면 돈이 들어온다는 속설을
밀쳐내던 손끝이
꽃집 주인 몰래 주머니로 미끄러져 들어간다

돌아서던 눈이 주인과 마주칠 때
세포 표면에 기포들이 들러붙는다
톡톡, 터지기 직전의 흥분
축제 전야의 고요
숨죽이던 심장이 화들짝 놀란다
팔딱인다

시식대에서 홀짝홀짝 마시던 스파클링와인
집에서도 그 맛이 날까
속엣말이 달아오른 귓가에 속삭인다
괜찮아, 이미 엎질러졌잖아

길게 늘어나는 고무줄 잣대로
그녀는 팔딱이는 심장 꽁꽁 묶는다
주머니에 찔러 넣다 찢어진 이파리
그래도

나만의 금전수가 될 수 있을까

초침과 분침 사이 오가던
이파리의 시간
씹다 버린 껌처럼 까맣게 잊었다

이파리를 움켜쥐던
그때
그 맛은
도대체 무슨 맛이었을까?

모래보다 작은 메아리

백사장 이곳저곳에서
사람들 말소리가
도시락 반찬처럼 섞인다

아이들이 젖은 모래로 만든
뿔소라가 하늘을 찌르며
깔깔대고
잔반 냄새 풍기는
어른들의 수다가
해변을 가득 채운다

그 한가운데,
스피커가 또박또박 말을 꺼낸다

"백사장에서 휴식하고 계시는 손님께 안내 말씀드
립니다.
 철수하실 땐 쓰레기 분리수거 후,

오토캠핑장 옆 쓰레기장에 버려주시기 바랍니다.
감사합니다."

파도 소리에 섞여
한 번,
몇 분 뒤,

손바닥 위 모래처럼 흐르며
다시 한 번,

변함없는 목소리,
같은 문장, 같은 간격

세 번째 말에

누워있던 한 남자가
고개를 절레절레 흔든다

아따, 뉘 집 마누라 같구먼,
했던 말 또 하고, 또 하고…

몇십 년 되풀이했던 말소리가
모래보다 작았던가

하고 또 해도
꿈쩍 않는 바위를 끌어안으려
파도는
제 말을 밀고 온다

히키코모리

그 나이 되도록 뭐 했노?
아버지가 그를 벽으로 밀친다

회백색 얼룩이 등으로 스며든다

갓생을 좇던 그늘이
스무 살을
벽 속으로 밀어붙인다

누구도 문 두드리지 않기를,
바깥세상엔 비가 멈추지 않는다는 소문
먹장구름이 여름 하늘을 가리고
철벅철벅, 빗속으로

그는 소파에 더 깊숙이 몸을 파묻는다

벽지에 배어드는 습기처럼

곰팡이 핀 비둘기와 까마귀 중
어떤 어둠을 날려보낼까

웅덩이마다 고인 빗물, 구름이 흘린 눈물
추적추적 쑤시는 견갑골을 견딘다

송곳으로 심장을 꿰뚫는
벽 너머 으르렁대는 소리

벽지를 타고 꿈틀대던 핏빛 말들이
저녁 하늘을 물들이던 날이면
어딘가에 구멍이 생긴다

세계와 세계를 잇는 검은 틈
그곳에서
까만 날개를 펼친다

영인본

냉장고 속 언 무는
죽음의 무게를 품고 있다
보는 순간
염포로 감싸인 아버지 체온이
서늘하게 되살아난다

신문지에 둘둘 감긴 무
허연 옹이가 구멍마다 박혀 있다
그 얼음구멍 너머,
빛바랜 액자 속 풍경이
회리바람 되어 돈다

구멍 숭숭 뚫린
아·버·지

미로같은 골목을 절뚝이며
육십 평생을 헤맸다

넓은 길은 끝내 보이지 않고
길모퉁이마다 자란 암덩어리가
온몸을 삼켰다

딸은 아비의 병든 몸뚱이에 매달려
길게 늘어진 자기 그림자를
걷어달라고 울먹였다

어디 가면 되냐고 앞장서던 걸음

그녀는 물컹한 웃음으로
비릿하게 부서지던 순간을 얼버무리며
그 모든 장면을
쓰레기통 깊이 밀어 넣었다

기일이 돌아오면
그 기억의 문을 열다

냉기에 소스라쳐 닫아 버린다
얼음 속, 옹이처럼 박힌
그림자

클리셰를 희망하다

정류장을 지날 때마다
버스 속내 너머로
사람들 생각이 빠르게 타고 내린다
그것이
창밖 풍경이든, 손끝의 SNS든

할매, 누구 찍을 끼고?
껍질 깐 땅콩 건네던 손이 물었다
땅콩 오물대던 눈매가
잔다르크로 빙의되며 번뜩인다
내는 일 번 찍을 끼다 와?
이번에는 이 번이 될 기라 카던데
지랄용천 하네
일 번은 아부지가 일본 앞잡이였다 카던데

콧구멍 벌렁대던 할매,
입안 땅콩을 퉤퉤 뱉고 벌떡 일어선다

그라마, 니… 니는 빨개이다

선거 다음 날,
세상이 뒤집힐 줄 알았다
그러나 시지행 509번 버스는
똑같은 표정으로 정류장에 들어와
승객을 태우고 문을 닫는다

아무 일 없다는 듯
대한민국은, 오늘도
굿모닝이다

공실

목을 쭉 뽑는다
'임' 뒤에 가려진 글자 때문에

현수막이 가리고 있는
뻥 뚫린 구멍을
거실 통유리 너머로 본다

'임' 다음에 올 단어가 궁금하다
임대, 임차, 임계, 임팩트, 임시, 임신...

반년 넘게 비어있는 가게와
팔딱이는 호기심 사이
매화 두 그루가 버티고 있다

바글바글 끓고 싶은 봄
꽃잎이 구멍 쪽으로 호기심 파닥인다

현수막 하나로 가려진
깊은 곳에서
꽁꽁 얼었던 땅의 형편
연두로 풀리고 있다

풀리지 않는 한 줄 문장을 쥐고
창가로 다가선다

잠깐, 봄이 바로 코앞이다

임차할래?

모현숙

22tree@hanmail.net

슬픔도 짧아지고 있지 외 8편

슬픔도 짧아지고 있지

불안한 예감은 벽지 뒤 누수처럼
슬픔을 알아차리면 언제나 때가 늦지

야구장 쓰레기는 홈런처럼 시원하게 실려 나간대
먹거리 뺏긴 까마귀가 수거차를 향해 깍깍 소리 지르
지 우리의 복통은 미세 플라스틱 때문일까 아님, 어
린 소와 돼지를 과식해서일까 정화조에선 사람들 배
앓이가 썩어가는데,

밤낮없이 불 밝힌 양계장에는 잠들지 못한 둥근 침
묵들이 태어나지 계란 프라이는 잠시 고요한 둥근 아
침이지 깨진 껍질만 짧은 슬픔 정도인 거야

유튜브도 쇼츠로만 즐겨야 하지 더 길어지면 꼰대
라 하지 웃음도 짧아야 하지 슬픔은 더 짧게 만들지
쓰레기에 실려 간 짧은 시간이 벽을 갉아먹는데,

짧게 잘라먹은 침묵의 데시벨, 불안한 예감이야
곳곳에서 누수 자국이 생기고 있잖아
슬픔이라도 아주 길게 늘여서 바싹 말려야 할까

우리는 목련이었을까

꽃샘 많은 삼월을 봄이라 부를 때
이월은 애매한 깍둑썰기처럼 짧았지

물렁해진 양파 망에선
눈치 없는 싹이 미리 돋아났어

외출 모드 난방처럼 미지근한 너는, 뜻밖에도
목련의 부지런함을 닮긴 했어

두껍배추전 뒤집듯 봄을 굽던 목련이
사정없이 떨어지던 우리의 저녁에 넌, 외쳤지

—불판 위로 목련이 낙하해

낙하가 아니라, 낙화겠지
떨어진 목련이 잘 구운 삼겹살 같다며 웃었어

낙하한 삼겹살을 구워 먹었지
낙화한 목련도 같이 구워 먹었지

걸어도 걸어도 끝이 보이지 않는 좁은 골목
자식 잃고 숨어 살던 너와 유방을 절제한 그녀가
지글지글 굽던 봄의 불판 위
건너올 새봄은 화근내 없이 무사할까

물러터진 양파와 핏물 번진 고기를
이월에 버무려서 구워낸

그 적막한 봄밤의 경계에서
저마다 우리는 얼마나 간절한 목련이었을까

발가락이 하는 말

—은수 씨, 오랜만이야, 잘 지냈어?

지하철 임산부석을 차지한 그녀 샌들 속, 늙은 발가
락이 은수 씨와 통화한다

—은수 씨, 내가 돈이 너무 없어서 전남편한테도 전
화했어 이혼했지만 도와달라 했지 근데 그 남자는 말
이 없더라

그녀 발가락은 지하철 한 량을 통째 삼킨 듯
전남편의 무심을 우렁차게 일러바친다

—은수 씨, 차라리 요양원에 들어가서 누워버릴까?
우리 언제 한번 만나자 내가 너무 힘들고 많이 외
로워

발가락이 땅속을 외롭게 질주하고 있다

아무도 내려주지 않고 혼자 전력으로 달리고 있다

—어쩌지, 내가 이젠 지하철에서 내려야 해
 은수 씨, 우리 꼭 한번 만나자

갑자기 지하철에서 내리는 그녀
그녀 발가락도 급하게 내린다
미처 따라 내리지 못하고 남겨진
그녀의 전남편과 은수 씨가,

서로를 외면한 채 지하철 좌석마다 자욱하다

Call

일단 전화만 주십시오
전기수리 욕실수리 싱크대 수리
막힌 화장실까지 신속하게 뚫어줄

남자를, 빌려 드립니다

인테리어 리모델링 업체의 현수막
광고 속 손쉬운 남자
결말 뻔한 삼류 영화 제목처럼
무당벌레 등껍질 무늬처럼
꽤 자극적인 그 남자

누가 빌려 가기 전에 먼저 찜하여
시 속에 척 앉혀놓은, 나는
빌려 온 그 남자 입맛을 맞추려고
어쩌다 나를 그에게 빌려주고 있다

지루한 시가 하품하는 저녁
손끝 하나 꼼짝 않는 놈팽이 마냥
퍼질러 잠만 자는 그를 향해
윙크 윙크, 수작 거는 중인데

저기요, 시를 좀 수리해 주시겠어요
여기요, 저도 좀 수선해 주시겠어요

금이빨 삽니다

최고가로 매입합니다
수선가게에선 금니까지 수선하려나 봐요

유치幼齒를 물고간 까치는
비 새는 지붕을 고쳤을까요
수선가게를 찾지 못한 걸까요

엄마, 금니도 빼주고 가요
엄마의 슬픔을 수선집에 맡길게요
줄 수 있는 건 싹 다 뽑아놓고 가요
우그러진 엄마의 슬픈 금니를
말끔하게 수선해 줄지도 모르잖아요

제발 아무도 믿지 말아요
어금니 깨물며 견딘 엄마의 슬픔을
반짝거리는 최고가로 흥정해서

팔아먹으려는 딸마저도

이미 알고 계시잖아요, 딸년이
엄마를 물고 갈 고약한 까치라는 걸
정신줄 독하게 붙들고
휘이휘이 새몰이 해야 한다구요

까짓것,

죽을 때 싸 들고 갈 것도 아니잖아
키 큰 안녕은 버릴 거야, 까짓것

기억은 굳어진 방향을 바꾸지 않지
북쪽은 햇빛을 등진 습관이야
뾰족 가시 사이 피어난 꽃기린이
남쪽 창을 기린처럼 훔쳐보기도 하지
목련이 속도 없이 잘린 가지에서
겨울 꽃눈을 내밀 때도,

나는 네 전화를 꽃소식처럼 기다려
꽃소식을 부재중 전화 마냥 체크하지
잔멸치처럼 바삭거리는 잔걱정까지 볶아
시래깃국 펄펄 끓이다, 국 젓던 숟가락 들고
베란다에서 긴 목 빼고 널, 기다려
안녕의 북쪽을 저으면 큰 키도 가까워질까

숟가락에 묻은 간을 빨아먹듯이
나는 너를 간 보고
너도 나를 간 본다, 까짓것

액정에 묻은 지문이 통화의 간절을 대신하고
신문지에 싸둔 겨울 배추도 몸이 줄어든다
냄비 뚜껑 들썩거리는 시래깃국이
속이란 속을 다 비워낼 기세로 끓어 넘치는데,

모양 빠지지만
소식없는 안녕에게 매달려 볼까 싶어
안녕을 펄펄 끓여 내면
안녕이 안녕해질지도 모르잖아, 까짓것

속:도 없는

결혼은 말고
동거만 해 봅시다

연극 무대처럼 혹은 윈도우 부부같은
담쟁이와 콘크리트 벽

움켜쥔 손톱이 빠져나간 자리
무성한 치마폭이 대책 없이 흘러내려
아랫도리 민망해져도
정작 그다지 부끄럽지도 않던 겨울,
아픔이나 부끄러움도 금세 결빙됩니다

연말 달력처럼 휑한 겨울 외벽에 걸린
부러진 손톱 자국들까지

쾌유할 가망 전혀 없어 보이던

모든 겨울의 추락보다 어쩜 더 재빨리

속:도 없이 다시 돋아나는
숨찬 봄봄봄
가볍게 인간극장 다큐라도 찍을까요

그래요, 결코 무겁지 않게 동거나 하며
다시 봄을 살아 봅시다

삼단화환

결혼식 하객으로 갔지
근데, 꽃집 남자가 돌아가자고 재촉하는 거야
맛있는 뷔페도 제대로 먹지 못했는데 말이지

남자는 다시 국화로 갈아입고
서둘러 조문을 가자는 거야
땀 젖은 속옷도 갈아입지 못했는데 말이야

이상한 일은, 사람들이 겉옷만 슬쩍
갈아입은 나를 알아보지 못한다는 거지
기쁨과 슬픔이 같은 몸이라는 걸 전혀 모르는 거야

남자는 넥타이보다 리본을 더 좋아해서
뱀보다 긴 리본을 내 모가지에 걸어주곤
축 결혼에게 삼가 조의를 전하라고 하지

남자 등에 업혀 급하게 달려가지, 근데

그의 희비喜悲도 달리는 거야, 나보다 더
싱싱한 삼단화환으로 뛰어가는 거야

굽은 관절

머리채까지 잘린 사과나무가
키를 버렸다

옆으로만 근육을 키운 나무
단단한 뿔을 닮아간다
얼기설기 무쏘의 뿔처럼
오래된 과수원을 엄하게 지킨다
어린 사과를 노산하는 굽은 관절
거짓말처럼 옆으로만 몸피를 불려 나가고,

원조 칼국수집 할매 손가락에도
뿔을 매단 사과나무가 산다
쭉쭉 뽑혀 나오는 칼국수 면발
굵은 홍두깨 밀던 굽은 손가락마다
인심 좋은 칼국수가 주렁주렁 열려
빈속 뜨시게 데워주니,

굽은 허리에도 사과꽃 피겠다
우리 서쪽도 만발하겠다

김종태

koatech7@hanmail.net

태영이 자전거 외 8편

태영이 자전거

일요일 TV에서 만난 옛 동료 김 과장이 수제 자전
거 회사 사장이 되어 인터뷰 중이다

엉덩방아라도 찧으면 뼈가 부러지는 희귀병 앓는
다섯 살 딸을 데리고 온 부모, 무엇보다 근육을 키워
줘야 한다며 맞춤형 수제 자전거를 주문하고 값까지
다 치르고 갔는데

연락 두절 상태란다

기다려주지 않으면 안 올 것 같아 자전거 손잡이에
'태영이 꺼' 라는 이름표를 달아놓고 기다린 지 3년

혹시나 하는 불안은 애써 감추고, 틈날 때마다 자랐
을 키 만큼 안장의 높이를 조정하며 반짝반짝 닦고 있
는 김 사장의 기다림을 보고

여덟 살 훌쩍 큰 키로 찾아와 페달 씽씽 밟고 달려
갈 태영이 뒷모습을 상상해 본 일요일의 그 자전거,
훈훈하다

폭염

둘째 딸아이 서울 친구가
대구 구경 왔기에
시티투어를 권했더니

볼거리 패스
먹거리 올인

찜 갈비 없인 못 돌아간다며
막창과 닭똥집에 소주 몇 잔
밤늦게 비틀비틀 들어오더니

이튿날
따로국밥으로 땡볕 해장을 하는데
국물이 땀인지
땀이 국물인지

잘 먹고 떠난다며 인사를 건네기에

기억에 남는 게 뭔가 물었더니

얼얼한 얼굴로
대프리카만 잔뜩 먹고 간다며
일부는 포장해서 서울로 가져간다고 하네

하도 기가 막혀
나도 그만 헉헉

전광판

흰 트롤리*에 실린 아내가 수술실로 들어가고
관계자 외 출입 금지란 문, 굳게 닫힐 때
어머니 모습 떠올라 섬뜩했다

힘든 고비 건널 때마다
숨 가쁘게 따라오느라
다 닳아버린 당신의 무릎 연골

전광판은
대기 중-〉마취 중-〉수술 중으로 바뀌어

간은 콩알만큼 작아지고
숨소리도 잠긴 시간

이윽고
'회복 중'이 뜨고 나서야
내 어깨도 풀렸다

알고 보니
지구 반쪽을 떠받치고 있었던 건
내 무릎이 아니라 당신이었다

* 환자 이송용 침대

낭만 상점

문병 마치고 신매 광장* 돌아 나오는데, 빗물에 번져도 멋진 간판 '낭만 상점'. 근사한 이름에 끌려 잃어버린 낭만 하나라도 건질 수 있을까 싶어 들어섰다

유통기한 한 달이라 적힌 달걀 한 판과 얼큰한 저녁 준비를 위해 육개장과 햇반을 검은 비닐봉지에 담았다. 낭만의 무게만큼 푸짐한 무게를 들고 나오는데 수북이 쌓아 놓은 초록빛 둥근 행성들 앞에서 오래된 기억과 불현듯 마주쳤다

결혼 십수 년 만의 기적 같은 임신, 갑자기 수박이 먹고 싶다던 아내의 입덧을 밤이 너무 늦었다며 모른 척 외면하고 챙겨주지 못했다. 수박이 평생을 두고도 지울 수 없는 야속한 후회가 될 줄이야**

낭만 상점의 푸른 낭만 앞에서
미안한 후회가 둥근 초록 속에 점점이 새겨져 있

74

었다

* 대구 수성구 소재
** 본인 시집 『하나님의 딸꾹질』 중 '입덧 씨앗' 중에서 일부 인용

괜찮다는 그 말

홀로 계시는 백한 살 노모를 찾아뵙고
집 나서는데

거동조차 불편한 몸으로

"나는 괜찮다. 아무 걱정하지 마라. 늦으면
차 막히니 얼른 가거라." 하신다

괜찮다는 그 말

농땡이 부리던 어린 시절
종아리 걷고
피멍 들도록 맞았던 회초리보다 더 아파
도망치다시피 뛰쳐나왔다

현관문에 걸어 놓은
십자가의 어깨가 잠시 달그락거렸을 뿐

종아리 맞은 것도 아닌데

괜찮지 않은

멍든 눈물만 홍건했다

꼬마 책장

분리수거장에 버려진
꼬마 책장을 가져와
아이 얼굴 씻기듯 쌓인 먼지를 닦았어

닦는 걸레질에 묻어나오는 소리는
그 옛날
할머니가 들려주시던 콩쥐의 힘든 숨소리

너저분한 책상 말끔히 정리해
꼬마 책장에 앉히고 나니

골목길 함께 뛰놀던
이름도 가물가물한 한 소녀
문득 떠올랐어

기억 저편 모래밭에 묻힌 얼굴
한 권의 동화책처럼

책장에 꽂혀

저물어 가는 내 마음
흔들어 놓고 있네

이불속 난초

겨울 베란다
오돌오돌 떨고 있는 난초들, 위험하다

신문지 이불, 겹겹이 덮어
화분의 차가운 몸, 지켜주었더니

아침에 눈 뜬 난蘭
장하게도 푸른 숨, 내민다

어릴 적
팔 남매 추위에 떨 때면
무명 검정 이불로 감싸주시던 부모님

이불 밀고 당기며
서로의 발끝 찾아 온기 나누던
우리도 난초였을까

겨울 베란다 찾아온 난 속에

맨들맨들한

팔 남매 발가락들, 활짝 꽃 핀다

고개 숙인 벼

목이 아파
고개 숙인 게 아니다

차오른 알곡들
가슴에 안고
땅의 심장에 고마워하고 있는 중이다

공중화장실에서 오줌 눌 때
내가 그랬던 것처럼

말랑하던 껍질 안쪽
오늘의 부끄러움이 내일은 무엇이 될까

궁금함이
자꾸 차올라서 그런 것이다

점점 더 깊어지는
나 자신의 우물이 되려는 것일까

봄 흔들기

흔들리고 싶었던 봄날이니
햇살에 녹아내린 내 마음
눈치도 없이 흘러가 볼까

버들강아지 연한 손
한번 잡아주지 못한 미안함이
발목을 붙잡으니

잠시 머물러
무심한 들꽃처럼 마구 피어나 볼까

어깨에 앉은 종달새 한 마리

그 작은 가슴이
한참, 붉게 울고 갈 수 있도록
내 숨결 눌러 삼키고

느리고 더 느린 걸음으로

내 마음, 함께 흔들려야 피어나는 봄

김용조

borabitt@hanmail.net

하와이의 등 외 8편

하와이의 등

비행기를 타지 않아도
갈 수 있는 하와이
그 섬에 사는
등이 휘고 굽은 그녀

삼십 년 족히 넘었을 시간
그녀의 작업복은 미소로 엮은
브래지어와 팬티

작고 어웅한 손으로
넓은등작은등굽은등
지친 생의 비탈을 밀어주고도
연신 고맙다는 그녀

꽃구경만 다니다 들것에 실려 온 남편,
자식들과 손자까지 보듬어야 했다던가

귀퉁이 세 발 의자에 앉아
삶은 고구마와 먹다 남긴
미역국 몇 모금에도
감사한 늦은 저녁

남의 등만 밀어주면서도
정작 무겁게 젖어있던 그녀의 뒤

S라인 휜 등으로
오늘도 흥얼거리며 일하는
그녀의 섬에는
지친 등들이 환하게 줄 선다

가장 맛있는 디저트

어쩜,
세상에서 가장 맛있는 디저트

달콤, 짜릿
시간 가는 줄 모르고
찰지게 착착 달라붙는 너는

작고 낮게
도둑고양이처럼 파고들어
안개처럼 번지며
기어코 어둡게 피어나는
무성한 뒷담화*

은밀히 머리 맞댄
우리끼리이기를 약속하지만
축축한 태풍의 눈 속으로

쉬이 달려들어

즐거움과 두려움 적당히 버무리며

잘근잘근 맛있게 빠져드는 늪

하느님!

이번 한 번만, 딱 한 번만

귀 닫고 눈 감아 주실 수 있나요

＊『뒷담화만 하지 않아도 성인이 됩니다』프란치스코 교황님의
　저서. 가톨릭에서는 뒷담화 하지 않기를 권장한다.

가을은

나는 서성이는 바람의 옷을 입습니다

떠난 이들의 기억이
물너울처럼 넘실거리고

당신이 보낸 붉은 잠자리

가을이다
가을이야, 낮게 낮게 날고

산책을 꿈꾸던 그대의 안부는
끝내 길 위에 나서지 못하는 가을입니다

가는 시간의 손목은 놓아주고
오히려 오는 시간의 시린 뺨은 쓰다듬으며
익어가는 것들의 분만을 지켜보는

입술 다물고

문득,
코스모스를 바라보던
그 눈빛 닮은
하늘

나도 가만히 깊은 가을이 됩니다

안부

유백색이었다

한줄기씩 내리던 어둠을 덮고
잠든 도야호수*

수천수만 년의 이야기들
침묵으로 떠받친 섬들까지
아침의 옷으로 갈아입는 시간

고요를 버린,
뱀처럼 출렁이는 시퍼런 물결
부글거리는 화산 품은 호수 보며

너를 향한 붉은 마음
뚝뚝 내려놓던 나는
차라리 동백이었던 시간

기억의 숲 저 편
터질 것 같은 순백의 목련 아래
웃고 있던 사진 속 그녀에게
나직이 묻는 안부

홀로 떠난 길이었는데
오래 걸어온 길 끝에서
내려다보는 호수에
헝클어진 너만 비쳐오는 걸까

* 홋카이도 시코쓰토야 국립공원 내에 있는 10만년 된 호수

바람의 수다

길게 끌어온 하루를 내려놓고
마지막 햇살 뿌리는 노을과 함께
긴 그림자로 걷는 시간

수런스럽게
나뭇잎과 이야기
나누는 바람

세상 돌며 들었던
먼 도시 산불 소식
출렁이는 바다 이야기
서로 먼저 전하려는
바람의 수다

숲길을 걷는 가늘고 긴
내 그림자의 귀까지
간지럽다

이어지고 이어진
자드락길 따라 걷는 이 시간만은
무거운 긴 하루
바람에게 다 내어주고

홀씨만큼 가벼워져
집으로 돌아오는
잘 익은 저녁

동승

예년보다 이른 장마를 알리는
아나운서의 수다를 데리고 드디어
비는 시작되었고 어스름이었다

허기 느끼며 올라탄 차엔
이미 그가 타고 있었고
나는 동승을 거부했다
묻지도 않고 먼저 올라탄
그가 얄미워 잠시 짜증도 냈다
손사래 치며 나가라고도 했다.

비는 더 쏟아붓기 시작했고
함께 가기 원하는 그를 내보내려
차창도 열었지만

나가기는 커녕
요리조리 피하다

매달리기 시작했다
나를 너무 원한다며

가끔,
깊은 밤 슬그머니 찾아와
욕정을 채우곤 숨어버리던 그가
오늘은 초저녁부터
느닷없는 애무를 시작한다

그가 떠난 자리에
부어오르는 입맞춤의 흔적 오래 쓰라린
그 동승을 떠올리며

장마 그친
또록또록한 별들 아래
몸을 말리는 밤이다

동대구역에서

늦은 밤 기차가 막 떠나고 있다
차창 한 곳만 바라보며
플랫폼에 앉아 돌처럼 굳어가는
긴 머리의 여자
기차는 그녀 울음 싣고 떠나고 있다

그 절절한 눈빛에
그녀가 떠나보낸
꺼억꺼억, 울음에 걸린
그 남자 다시 돌아올 수 있을까
고요만 남아 있는 곳에

한참을 그렇게 앉아있던
흰 레이스 원피스의 그녀
결국,
터덜터덜
빈 껍질 허공을 걷고 있다

눈에는 여전히 그렁한 이슬방울들

그대 내려놓고 돌아서야 했던 날
어금니까지 오르던 울음
내비치지 못했던 내 그날이
긴 머리 그녀 옆에 가서 앉는다
그녀를 안고 하냥 울고 싶었던,
그녀 앉은 자리만이 선명하게 남은

동대구역 그 밤

어느 시인*의 시를 읽고

전봇대 같던 아이였어

조금 이르게
좀 늦게 나가도
어김없이 서 있던 아이

등굣길 버스정류장
책가방 위로 훅 들이밀던 쪽지
속의 간절함을 난 그냥 구겨버렸지

벚꽃과 장미의 시간 지나
국화마저 흐드러지던 그 길에
작고 뽀얀 얼굴로 늘 있던 그가
사라져 버렸어

어느 새벽 강도에게 찔린 아이는
더 이상 전봇대가 될 수 없었어

텅빈 골목

11월의 시린 시멘트 바닥만

그의 곁에 있었다는

이름도 기억나지 않는,

문득문득 골목에서 걸어나와

나에게로 오는 그 아이

감지 못했을 두 눈

가만히 쓸어 내려주고 싶은 밤

이제 편히 안녕!

* 권민경 시인이 장마 때 죽은 친구 종일이를 생각하며
  쓴 시 '종일'

이상한 하루

저문 달 뒤로 숨는 계절의
어느 날은 비우기만 했다

신새벽, 친구는 타국으로
아픈 지인은 격리실로
갑작스런 사돈의 장례식장까지

떠남과 헤어짐이 맞물린
시간과 시간 속에서
옅은 숨은 어둠으로 퍼져 간다

어쩌다
그날이 떠오르면
안개처럼 잦아들어
적막을 덮고 비어있는 도시 한 모서리

삶이란 멈추지 않고 흐르는 시간의 파편들

그대 떠나고
바람 속을 혼자 걷는 걸 익히듯
떠난 그대 그리다
눈물로 잠드는 별이다

이장희

dlwkdgml@hanmail.net

오후 2시의 폭력 외 8편

오후 2시의 폭력

길모퉁이에 쪼그려앉은 사내 무언가 내려다보고
시멘트 바닥에 반 토막 난 새우깡 움츠리고 있고
개미들 하나둘씩 몰려들고
심심한 사내 새우깡을 나무 잣대기로 슬쩍 밀치고
개미들은 우르르 새우깡 따라 떼 지어 가고
재미 붙인 사내 집게손으로 새우깡을 한 뼘 옮겨
놓고
개미들 헐떡이며 다시 일용할 한 끼 쫓아가고

오뉴월 땡볕은 오후 2시의 둔덕 넘어가고
장난기 장착한 사내 일용할 저녁 발로 툭 차 버리고
데굴데굴 굴러가다 하수구 구멍이 날름 삼켜버
리고
졸지에 저녁을 눈앞에서 강탈당한 개미들
김샌 걸음으로 하수구 주위 서너 번 더 맴돌고

하루의 허탈한 노동을 끝낸 개미들
대폿집에서 마른 목축이고
언덕 너머 낡은 굴뚝에는 적막만 흐르고

새끼들은 집에서 목 빼고 나만 기다리고

그날을 기억하시나요

목련 하얀 목덜미 내미는
이른 봄날 아침
출근길 중앙로 지하철역

일회용 라이터로 불을 댕긴
우울증을 뇌로 삼켜버린 남자

손에 든 2리터의 노란 휘발유 통 하나
질주하던 전동차 바닥에 투척하고

탈출구 삼켜버린 화염 속 짙은 연기
들숨 날숨을 봉인한 채 벽면에 남긴
그을음으로 쓴 마지막 손 글씨

언니 그동안 고마웠어요

친구들아 잘 있어

당신 보고싶어요

여보 사랑합니다

엄마 아빠 행복하세요

......

잊지 않겠습니다

산 자의 가슴에 옹이로 박혀 있는
그을음의 유서들

W의 하루 레시피

콘푸로스트 대충 컵에 말아 남의 편 전쟁터로 등
떠민다

철 지난 댄스곡 틀어놓고 다이어트 체조하고
로봇청소기 거실에서 홀로 스텝 밟고
주방 개수대 쌓인 그릇은 식기세척기가 버블 샤워
시키고
드럼세탁기는 빨래를 롤러코스터 태운다

별 카페에서 모닝커피 한 잔 때리고
실내골프장에서 점심 내기 골프공 두들겨 패고
저녁 먹거리 온라인으로 꾹꾹 눌러 담고
전기압력밥솥 입에 거품 물고 혼자 씩씩거리고
에어프라이어 오늘따라 요리에 진심이다

넥타이 풀어 헤친 남의 편님 현관문 소심하게 두
드리고
나는 어제를 건너뛴 막장 드라마 한 편 씹어 먹고

수서행 엘레지

미숫가루 찬물에 타서
새벽을 들이킨다

배낭에 겉옷 몇 구겨 넣고
비닐봉지에 아침 약을 대충 챙긴다

수서행 첫 기차를 기다리고
괜찮니, 라는 한 음절이 목구멍에 맴돌다가
제자리로 찾아가고

침묵은 어설픈 위로보다 때로는
편안함을 주는 것

새벽의 고요에는 애잔함이 묻어 있다

어둠 속으로 기차가 들어오고
한 달 전에 예약한 자리를 접수한다

새벽을 뚫고 플랫폼 점령한 그들
서로의 상처를 보듬고 수서행에 몸을 싣는다

뽀얀 입김의 차창에 피곤을 밀착하고
종착역 멘트가 노루잠을 깨운다

건너편 셔틀버스 몇은 눈에 불을 켜고 있고

쉼표를 찍지 못했다

마비정 벽화마을 느림보 우체통
옷깃 살짝 당기면서
굼벵이 엽서 한 장 내민다

애썼다 아들, 위병소 나올 때 군기 잘 반납하고
공주, 새내기 캠퍼스 생활 이쁜 추억 남기고

우체통에 사연 투척하고
뒤돌아본 망막에 맺힌 송해공원 옥연지
온통 오색 물감이다

이제라도
옆도 뒤도 돌아보면서
쉬엄쉬엄 가라는 느림보 우체통

하지만 나는,
굼벵이 엽서에 쉼표를 찍지 못했다

굿바이 소나타

한 치 앞도 볼 수 없는 흐릿한 두 눈
부정맥으로 펄떡이는 엔진의 엇박자
연골 마모된 뒷바퀴의 날카로운 쇳소리
세월의 상처가 돋아난 몸뚱어리
연명 치료해 주고 싶었다

파도를 안주 삼아 소주 한잔할 때도
외로움 한 조각 괭이갈매기에게 던져 줄 때도
카페의 낡은 조명등 아래 재즈 음악에
취해 있을 때도 그와 함께였다

동네 폐차장 그늘진 곳에서
가늘게 날숨만 쉬고 있는 그에게
인공호흡기로 마른 숨을 쉬게 한들 몰핀주사로
잠시 고통을 잊게 한들,

그의 짐칸을 정리한다

어둠이 낮게 누워있는 구석 진 자리

색바랜 상자에서

마음의 빚문서 하나가 불쑥 나올 것만 같은

은행나무 해탈법

천년을 살았다
천태산 터줏대감으로

턱 괴고 대웅전 바라보니
가부좌 틀고 졸고 있는
저녁 공양 마친 주지 스님
십 원짜리 화투 치자 꼬드기니
꽃방석 타고 날아온다

홍단 움켜쥔 주지 스님
쓰리고 외치다 픽, 설사
해우소로 사라지고

꽃방석 내려다보던 터줏대감
마애불의 천년 미소 짓는다

쓰리고에 피박 쓴 주지 스님
오른손으로 동그라미 만들고
슬그머니 왼손 펴서 내밀고

해탈하듯
노란 잎사귀 온몸으로 떨구는
천년의 은행나무

가부좌 틀고 돌아앉아
대웅전 바라보며
두 손 모아 합장한다

신 화수분

노른자 동동 띄운 쌍화차 한잔하고
따끈따끈한 조간신문 되새김질하고
아파트 현장에나 한번 가 볼까
조합비로 렌터한 물 건너온 애마 타고

어제는 거래처 황 사장과
자연산 황복 코스 요리
오늘은 마누라 귀빠진 날
명품 암소 한우 갈비

비싼 거 먹어 당신
괜찮아, 조합카드 있잖아

조합원들 신문고에 투서 넣고
하도 난리브루스 쳐서
애마 반납 당했다

이제 뭘 타고 가지
5성 호텔 호캉스 가야 하는데

괜찮아
화수분처럼 마르지 않는
조합카드 있잖아

럭셔리한 크루즈 타고
다음 달엔 세계여행이나 가 볼까

송도 판타지

　바닷가 모래밭에 기둥 박고 함석지붕을 덮었다 문 밖의 소나무는 병풍처럼 막아섰다 봉창 너머 등대는 가끔은 졸기도 했다 모래를 뿌리던 바람은 마당에서 놀다 갔다 밤마실 가던 별들 몇은 지붕 위에 낙하하고 단춧구멍만 한 함석 틈 사이로 나는 달나라 구경을 다녀왔다 양동이의 멋진 화음을 위해 나는 재빨리 빗물을 비웠다 함석지붕에서 뿜어내는 열기는 방안을 찜질방으로 만들었다 블록 벽 틈새로 동장군이 제집처럼 드나들며 안방을 점령했다 지붕은 태풍에 해체되고 파도는 포식자처럼 마당을 집어삼켰다

　아부지, 우리 도회지로 이사 가요

　아버지는 자물쇠로 말을 채워 버렸다
　집으로 가는 길을
　나는 네이버 지도에서 삭제했다

그날 밤,
문밖에 아버지는 등 하나 내다 걸었다

등대는 먼동이 틀 때까지 불을 끄지 않았다

이복희

boghee0320@hanmail.net

콜링 외 8편

콜링

앙칼진 여자의 목소리가 밤을 가른다

노파의 앓는 소리가 골목 귀퉁이를 파고든다

오랑캐꽃 피는 봄날
김천 직지사 길목 날라리 커피숍 뜨락
고양이가 축 늘어져 있다

그 이름이 날라리라는데
한낮 햇살 아래서 깊은 명상에 들었나
날라리 날라리, 커피숍을 들락거리는 중년들의
아지랑이 아른거리는 연애담

 귀 쫑긋, 꼬리 꿈틀거리는 모양새가 날라리인가, 날
라리인가

 날파리 어지럽게 날아다니는 해질녘

바닥에 몸 비비고 뒹굴던 날라리
엉덩이 한껏 추켜올리고 누군가를 찾는다

커피숍 전등을 밝히기가 무섭게
날라리, 날라리답게 어둠 속으로 사뿐사뿐 발을 옮긴다
캭 캬르르, 야릇한 신음과 함께

새벽이면 어김없이 돌아와
어둠에 눌렸던 털을 핥고 또 핥는다
아무 일 없었다는 듯

직지사로 접어드는 액셀러레이터에 힘이 들어간다
지금쯤 새끼고양이 울음소리 들리려나

쪽문

그곳은 바람이 다니는 길
쪽문을 나서자 꽃무늬 치마가 팽팽해진다

겨드랑이에 날개라도 솟은 듯
발걸음이 날고 있다

바람에 흩날리는 검은 비닐봉지였다가
애드벌룬이었다가
때로는 날개옷 입은 바람개비처럼
팔다리를 사방으로 흔들어 댄다

나는 전생에
바람을 신으로 모시는 유목민이었나

숨구멍은 쪽문으로 뚫려있어
아파트 뒤쪽 철망을 향하면
앞뒤 살필 겨를도 없다

되돌아오는 길은 잊어버리고
떠돌이 바람이 되어
너도바람꽃 콧잔등에 간지럼 태울까

이도 저도 시큰둥해진 걸음걸이
이 골목 저 골목 바람결에 떠돌다가
가로등 아래 누운 긴 그림자 뒤라도 밟아 볼까

땅거미 발자국을 삼키는 쪽문 앞에서
길 잃은 바람의 노래를 듣는다

처음 들어보는 목소리가
내 목구멍에 잠긴다

누에섬

하루에 두 번 길이 열린다

탄도항에서 1Km 떨어진 바위섬, 누에처럼 생겼다고 누에섬*이라 불리는데, 파도가 밀려와도 넉잠누에처럼 꿈쩍하지 않는다

하루에 두 번씩 들이닥치는 바다
파도를 몰고 바람을 일으키며
애써 드러난 길을 지운다

누에 한 마리 바다 위로 떠 오른다

누에섬에 누워 한세월 노닥거리고 싶은데, 고치처럼 오그린 몇 생이 훌쩍 지나가고, 그토록 한뎃잠을 꿈꾸던 나는 하루 두 번 바닷길을 캄캄하게 잊으려나

누에가 뽕잎을 먹듯 사각사각 바다가 밀려온다 파

도 소리에 휘감겨 말을 잊는다 썰물 지는 개펄에 남겨
지는 얼룩들, 여태껏 쓰지 못한 문장 같다

온종일 수평선에 닿아있는 서쪽 하늘을 바라본다
누에처럼 꼬물거리는 글자들의 후텁한 잠실 한
채를

* 경기도 안산시 단원구 선감동, 탄도항 앞바다에 있는 섬

환승

지하에서 지상으로 나올 때마다
방향을 잃는다

불빛 넘실대는 거리를 등지고
건물 그림자가
아스팔트 바닥에 얼룩지듯
나는 컴컴한 골목을 습관처럼 찾는다

신호대기 중인 차들 눈 부릅뜨고
일제히 출발 신호 쪽으로
한 뼘 두 뼘 타이어를 재촉하는데
나는 너에게로 가는 길목에서 등을 돌린다

너와 내가 스쳐 갈
환승의 시간이 다가올수록
가로수 잎사귀 사방으로 흩어지는 난독증을 앓는다

직진밖에 모르는 네 앞에서
후진하는 법부터 배운 나

어쩌면
이번 생의 마지막 환승구간
너를 향한 발끝이 정지선에 멈춰 있다
너무 밝은 불빛에 눈앞이 캄캄해지듯

환승하는 밤엔 무언가 자꾸 자란다
지하에서 지상으로
지상에서 지하로

아무 일도 아닌 듯, 아무것도 아닌 듯
자꾸만 사라지는 얼굴이 있다

갈대밭에서 귀를 세우다

나를 떠난 귀 어디로 갔나 했는데
순천만 갈대밭에 있었다

자신의 울음을 내 귀에 달아주려고
쓰러질 듯 무너질 듯
바람을 붙들고 버티는 사랑의 노래

내 귀로 파고든 온갖 소리는 사랑의 엇박자

주파수가 잡히지 않는 겨울 들판에서
라디오 볼륨을 높이듯
작은 귀를 넓혀 속울음 듣는다

갈대는
흔들릴 만큼 흔들리고서야
슬픈 노래를 하늘로 풀어 날린다

사랑놀이에 급급했던 내 귀는
휘어진 달팽이관에서 무릎을 꺾는다

벌레의 날갯짓 소리 자욱하다

바람은
바람이 내어준 길 거둬가고,

뒤늦게 흔들리는 팔다리 부여잡은
나는,
가까스로 두 귀를 곤두세운다

돌의 지문

모래톱에 묻힌 돌들이
굴착기 삽날에 얼굴을 드러낸다

이 골짝 저 골짝 떠돌던 소문들
강가로 굴러와
자기 얘기 먼저 들어보라 아우성이다

말도 탈도 많은 소용돌이 세상
우두커니 가장자리에 서 있는 검은 돌 하나
낯선 얼굴로 나를 쳐다본다

누가 누구에게 돌을 던졌을까

깨지고 터진 자리마다
움푹한 상처, 물 흐르듯
모난 돌 깎이고 둥글어져 있다

검은 돌 손에 쥐자
가슴 들먹이며 돌이 숨을 쉰다

햇살에 달궈진 돌의 따스한 기운이
움켜쥐려고만 했던
헛헛한 내 가슴을 데운다

품에 맞는 돌 찾아
맨발로 돌아다닌 발바닥에
수천 가닥 돌의 지문이 아프다

엄나무

가시는 내가 살아가는 방법이야

고슴도치나 쐐기벌레처럼
가시를 세우고 살아야 해
말랑한 속살을 드러내선 안 돼

헤프게 웃다가
여기저기 곪고 터지고 갈라진 적이
한두 번이 아니야

어떻게든 가시를 숨겨야 해
광대 아서 플렉*처럼
히죽히죽 한세상 건너가는 거야

문설주에 액막이로 걸린들 어때
잎을 가지에 말아 넣어야 꽃이 피지
끓는 피 잠재워야 숨을 쉴 수 있지

물에 젖지도 불에 타지도 않아야 해

내 살 뚫고 나온 가시가 살가워질 때쯤,
가시가 끝끝내 그늘집을 지어 올리지

가시로 말하고 가시로 숨 쉬며
가시로 남겨져야 해
그 누구도 나를 모르게

* 아서 플렉: 로스 필립스 감독의 영화 '조커'의 주인공 이름

마지막 투자

이쁜이수술 받으실래요?

흰 가운의 상큼한 유혹
감각이 돌아오지 않은 곳이 움찔거린다

망설이면 늦어요
인터넷 화면 두 그림자가
손짓발짓할수록 화끈거리는 얼굴

너나없이 성형수술
동창 놈들 사이엔 거시기 리모델링이 자랑거리고
영식이 놈은 거사 날 받아났다고
허리춤을 들썩거린다

눈썹 문신, 쌍꺼풀 수술, 양악 수술, 코 성형, 가슴 성형
광고지 전단 같은 돌림병

여자에게 가장 아름다운 투자가 이쁜이수술이라니
귀신 씻나락 까먹는 소리 같은데,
어쩌다 나는
투자다운 투자를 하지 못한 걸까

딸 둘 아들 하나,
이보다 더 큰 투자가 어디 있냐 싶은데
이쁜이 특별할인 자막에 눈이 번쩍,
겹겹의 꽃잎 시들기 전에 손 좀 봐줄까

잘못 누른 웹툰 베드신이 눈앞으로 달려든다

새의 밀서

들켜버린 미행의 끝은 비릿하다

여기저기 흩어진
두 가닥 말줄임표
시린 새벽을 연 발자국이다

동트기 전부터 젖어있는 걸 보면
할 말이 많았나 보다

눈밭에 찍힌 말의 무게는
어떤 언어로도 해독되지 않는다

숲이 내준 길 따라 바람 한 점 휘돌아가고

거기,
움직여야만 먹이를 구하는 시간이
깊은 목구멍에서 흘러나온 태고가
바람결에 흩어진다

잘라내도 자꾸 생겨나는 보풀처럼
굶주림의 질긴 끈을 당기면
가냘픈 울음소리,
울음소리 채 읽기도 전에,

순식간에 사라지는 상형 문자들

새벽 눈길의 새 발자국은
녹아 얼룩으로 스밀 상처 같아서
굳어가는 햇살 아래서 더 선명해진다

송원배

song5131510@naver.com

담쟁이 문체 외 8편

담쟁이 문체

월세 독촉에 밀린 단칸방은
서로의 숨소리까지
접은 시간으로 허기를 달랜다

페인트 벗겨진 낡은 벽 사이
위태로운 넝쿨 하나가
쓰고 있는 초록의 문장

목덜미 젖히며
매번 꺾이는 무릎으로
하루를 건너가는 너를 본다

그저 식물이라고
하찮은 풀잎 하나라고

세입자도, 배달 노동자도
해고 통보서에 박힌 당신의 이름

벽을 타고 오르는 모든 너는
담쟁이

네가 쓰는 초록의 문장
싱싱문체다

골목, 안부를 묻다

낡은 간판에서 골목이 흘러내리면, 고양이 그림자
가 안부를 묻는다 아무 말 없이 그 길을 지나왔지만,
손 흔들어주는 골목이다 한 때 서로의 어깨를 꼭 끌어
안던 체온을 돌아본다

짐을 가득 실은 자전거는 속도가 느렸어 할부 자동
차를 사면서 더 이상 행방이 궁금하지도 않았고 발갛
게 녹이 슬면서 담벼락에 묻혔지 취한 골목이 비틀거
리면 오래된 종소리 들려온다 따르릉, 따르릉…

시간을 숨긴 장소를 잊어버렸어 큰 소리로 골목을
향해 외쳐봐 마당 깊은 집 창문 너머, 잊은 줄 알았던
이름 하나가 안부를 물어오겠지 고양이 그림자처럼
몰래 따라오는 그 이름

녹슨 철대문이 삼킨 오래된 안녕에게 골목은 꿈적
도 하지 않고 섰다 대답을 기다리지 않은 채 서둘러
매듭 풀고 밤안개를 부른다

사진을 판독하다

세 들어 살던 봄날이 앙다문 입술에 접혀 있다 검은 옷은 흰 배경에서 더 또렷해지고, 낡은 사진 속에서 걸어 나온 민망한 얼굴은 눈 깜박이지 말라던 그날의 햇살 아래, 고요하게 눈 감은 봄날이다

흑백으로 피어난 해바라기도 말갛게 웃는다 코밑 거뭇거뭇해진 사춘기 소년의 반항심도 무채색으로 잠든 모습

구호 없이도 풍요로운 일상이 몸에 밴 웃음으로 걸어 나온다 저마다 비슷해 곧잘 잊어버리기도 하지만. 뒷모습도 괜찮아, 눈 감으면 어때, 김치로 미소 짓지 않아도 되는, 때로는 누구인지도 모른 채

세월은 흑과 백에서 진하게 물들어 간다 눈 깜빡이지 말라는 구호에도 햇살이 먼저 눈 감고, 민얼굴도 덩달아 눈감아준 하나, 둘, 셋, 찰칵

흙으로 가는 시간

이십팔 년 땅속 시간을 파내던 날,

한 땀 한 땀 수 놓은 솔잎 위
흰 눈 함박으로 피고

가지로 뻗은 자손들
윤달의 바람을 무탈하게 걷어낸다

흙에서 와서 흙으로 가는 시간
이장하여 합장하던 날,
붉은 황토에 누워계시던 할머니
뼈까지 황토물 붉게 물들고

가지마다 크는 새끼들 걱정에
솜이불 지어 보내셨다
잔디를 다독다독 입혀
박음질하듯 곱게 이어가고

오랜 기다림을 합장한 봄이
가지마다 촘촘하게 고개를 내민다

풍년 들겠다

무릎의 계절

비닐하우스 안,
철사 고정핀 사이 바람이 드나들고
그 바람은 엄마의 무릎으로 들어와
조금씩 관절을 마모시킨다

엄마는 말 대신
작은 난로 위에 감자를 얹어 추위를 구웠어
감자가 터질 때마다
뼛속에 남은 말들이 잘게 부서졌지

불은 누가 삼켰는지에 따라 달라졌어
눈썹이 그을리고
기침이 무릎까지 번질 때, 엄마는
"이건 봄기운이야"라고 했어

그럴 때마다 엄마 손은
굳은 콩나물처럼 느껴졌지

쓰러진 듯 보이다가
물만 주면 다시 자란 키를 쑥 내미는

자신의 시간을 한 줌씩 데우며
어떤 계절을 견뎠는지를

아궁이 속, 사기그릇은 파편으로 남고
솥뚜껑 사이로 피어오른 김
내 숨결은 잠시 꽃이 되었다가
엄마 무릎에 흘러드는 계절이 된다

얼룩

단골 칼국수 집마저 문 닫은 불경기
막걸리 냄새 텁텁하게 밴 저녁이 시큼하다

매미는 울음으로 숲을 채우고
텃밭 고추의 잎맥은 더위를 안은 채
검붉은 시간으로 익어 간다

약속은 구멍난 포대처럼 비워지고
지는 게 쉬워 보여도
지는 것마저 치열한 오늘이 얼룩진다

빈 점포 늘어가는 골목의 적막이
수군거리던 퇴근길
건물 유리창 비친 발걸음에, 문득
고요한 물음표 하나

이마 주름 사이 묻어두고 지나온

여름의 빛이
등 뒤에서 큰 소리로 묻는다

얼룩은 오늘을 지켜낸 표식인가

봄은 무엇, 에서

산수유 뿌리에서 시작하는 봄
언 땅에도 잘 버틴 뿌리, 숨은 불씨다

무엇, 이 부서진다 그 무엇, 은 노란 봄으로 핀다 작
은 불씨가 피워낸 꽃잎이 시가 된다 무엇, 을 말로 다
할 수 있을까 바람 불 때마다 혼잣말로 읊조렸지만 시
가 우르르 떨어진다 가끔 시는 뿌리를 잃기도 하지만,

멀어서 더 아름다운 봄의 과장된 언어는 진짜일까
형형색색의 활자가 꽃처럼 웃는다 재잘되는 뿌리의
감각을 시라고 할 수 있을까 겨울이 봄에게 전하는 말
의 수식어는 뜨겁다

네 마음이 내 속으로 뻗어 나오면, 더구나 벽까지
타 넘으면 북소리가 난다 소리의 그 무엇, 은 쿵쿵거
리는 봄의 심장이다 등줄기로 번지는 그 무엇, 에서

봄을 미신美信한다

마침내 우리의 무엇, 들은 시로 핀다

단축번호 1004

손목 위 매달린 시간
급한 속내가 째각거린다

이름값에 맞추려고 몸을 키우는 하루
오늘은 뻔한 질문만 남았다
대답할 때마다 사람 대신
이름값이 먼저 답한다

시큰거리는 등에
지나온 시간이 엉켜 앉은 밤
서툰 유서는 낙서장처럼 흩어지고

천국은 죽어야 갈 수 있을까
죽어야 할 이유도 모르면서
메아리는 소맷부리 저편에서 맴돈다
부르지 못한 네 이름
단축번호 1004로 저장한다

반복되는 재발방지 구호를 외치며
희망은 입술에서 굳는다
웅크린 외침에도
대답하지 않겠다며 다짐하는

찾지 말아주세요
그 이름 1004

소리, 소리들

골목을 두리번거리던 소리
주머니 속 어제를 던져버린다

습관처럼 몰래 자란 멍
어깨에 달라붙어 들쑤시고
점심시간을 삼킨 오픈 전단지
젖은 바닥에 누워 팔 한쪽 겨우 흔든다

믹스커피 종이컵 예쁘게 구겨
휴지통으로 던져넣는 무심無心
빈 패트병 힘껏 걷어차면
차가운 공명이 먼저 배 속을 채운다

모퉁이 돌아서 기다린 오늘
삥 뜯는 건달처럼 하루를 갉아 먹었다
벗어두고 온 구두 한 짝
저녁이 되면 말없이 벽을 긁어대는

주머니 속 멍든 오늘, 슬쩍 밀어 넣으면

내일까지 따라붙는 그의 발끝에

숨 가쁜 소리, 소리들 자욱하다

시와반시 시선
돌의 지문이 아프다

펴낸날 | 2025년 10월 15일 초판 1쇄

지은이 | 이복희 외
펴낸이 | 강현국
펴낸곳 | 도서출판 시와반시

등록 | 2011년 10월 21일 등록(제25100-2011-000034호)
주소 | 대구광역시 수성구 지산로 14길 83, 101-2408호
전화 | 053) 654-0027
전송 | 053) 622-0377
전자우편 | khguk92@hanmail.net

ISBN 978-89-8345-170-5   03810